LE DÉPART

POUR L'ORIENT.

ODE

A M. ALPHONSE DE LAMARTINE,

PAR JOSEPH AUTRAN.

MARSEILLE,

IMPRIMERIE D'HIPPOLYTE BOUSQUET.

—

1832.

LE DÉPART

POUR L'ORIENT.

LE DÉPART

POUR L'ORIENT.

ODE

A M. ALPHONSE DE LAMARTINE,

Par Joseph AUTRAN.

MARSEILLE,

IMPRIMERIE D'HIPPOLYTE BOUSQUET.

—

1832.

Ils ne sont plus ces jours de généreux délire
Où devançant les pas d'un enfant de la lyre
Son nom, connu de tous, réveillait la cité,
Et le peuple joyeux comme pour une fête
S'élançait au-devant du voyageur poète,
Et saluait l'élu de l'immortalité!

On ceignait d'un laurier comme d'une auréole
Le front de ce mortel puissant par la parole ;
La fanfare accueillait l'illustre pélerin ,
Et la foule à genoux chantait: » gloire à la lyre!
» Le poète est un roi, les cœurs sont son empire!
» Sur les siècles soumis il pose un pied d'airain !

» Gloire à lui! gloire, gloire, il règne! son nom brille!
» Il voit dans tout un peuple une immense famille ,
» Qu'il régit à son gré par un son de sa voix!
» Il vient , et tout se lève, et la rose s'effeuille
» Sur ses pas·, et la ville avec amour l'accueille,
» Il entre triomphant comme sur un pavois ! »

Aujourd'hui plus de chants, plus d'accueil unanime,
Plus de peuple au devant du passager sublime,
Il passe inaperçu comme un obscur mortel :
Comme un soleil d'hiver que la brume dérobe :
Dont le midi sans feux est plus pâle qu'une aube
Et qui passe ignoré dans les plaines du Ciel.

Partout règne aujourd'hui l'indifférence molle.
On ne couronne plus la lyre au capitole,
Le génie a perdu son autel triomphal ;
Tel aux bords des chemins de la Grèce et de Rome
Plus d'un marbre, autrefois l'image d'un grand homme,
Rampe dans la poussière où fut son piédestal !

Et cependant il est quelques âmes encore
Qu'un beau nom fait vibrer; quelques fronts que colore
A l'aspect de ton front un reflet radieux !
Il est de jeunes cœurs qui t'aiment, ô Poète !
Et de vivans échos dont la bouche répète
Tes chants qui sont eux-même un pur écho des cieux !

Ceux-là lorsque tes pas visitent leur enceinte
Lèvent vers toi leurs yeux où l'allégresse est peinte,
Et de plus près enfin leur cœur s'est épanché,
Lorsqu'ils ont contemplé ce bienfaisant génie
Dont ils ne connaissaient encore l'harmonie
Que comme un don venu d'un bienfaiteur caché.

Et quand leurs longs regards sur la vague lointaine
Auront vu s'abaisser la voile qui t'entraine,
Et l'horison douteux prêt à la submerger,
Ils diront : que le ciel lui soit doux, et que l'onde
Transporte sans malheur ce mortel cher au monde
       Au rivage étranger !

Mais pourquoi, quand la France à ton ame si chère
Voit de son avenir vaciller la lumière,
Et d'un pas indécis cherche les sentiers droits,
Pourquoi l'affliges-tu d'une absence fatale ?
Ah ! pour te dérober à la rive natale
      Le berceau du soleil avait seul quelques droits !

Oui c'est vers ce berceau que ta voile dérive,
Doux poète ! oui bientôt l'orientale rive
Aura reçu tes pas, mortel harmonieux !
Et ces bords qu'autrefois ont honorés les anges
Comprendront aujourd'hui ces visites étranges
      Qui leur venaient des cieux.

O toi qui sais chanter! va sur la terre antique
D'où la première voix et le premier cantique
Comme un souffle odorant montèrent vers le ciel.
O toi qui sais pleurer! va sur les rives saintes
Où David exhalait ses solennelles plaintes,
Où Dieu même a vidé le calice de fiel.

O toi qui sais aimer! cette terre féconde
A connu les amours des premiers fils du monde,
Et tu verras peut-être aux bords de ses chemins
Quelque arbre séculaire au tronc poudreux et vide,
Quelques débris muets d'une fontaine aride
Où nos premiers aïeux consacraient leurs hymens.

Là tout est souvenir; de douleur ou de gloire,
De crime ou de vertu tout parle à la mémoire,
La muse sur ces bords n'erre jamais en vain:
Mais pour orner ces lieux d'un suprême prestige
Il fallait que ta lyre eût fait plier la tige
　　　D'un saule du jourdain!

Il fallait que ta voix aux parfums de l'Asie
Eut mêlé ses accords , parfums de poésie;
L'Arabie est féconde en suaves odeurs :
Mais jamais l'aloès , ni le nard , ni la myrrhe,
Ni l'ambre , ni l'encens, ne pourront de ta lyre
   Egaler les douceurs !

Il fallait que ta Muse eut foulé les ruines
De ces bords tout peuplés de visions divines ;
Car ta muse elle même est une vision ,
Et souvent à son aile aimante qui l'effleure
   Le malheureux qui pleure,
Croit voir quelque beauté de la sainte Sion.

Il fallait qu'elle eut vu la terre des prophètes,
Cette vierge qui fuit et menace nos fêtes ,
Qui jette un large espace entre elle et les cités ,
Et cherchant des plaisirs où la pensée abonde
   De l'extase profonde ,
Goute au seuil des autels les saintes voluptés !

Il fallait que plaintive et repliant ses ailes
Elle attachât ses pas aux traces immortelles
Du Dieu qu'au mont fatal suivit Marie en deuil,
Et que des vieux tombeaux cette amante secrète
   Des roses de sa tête,
Effeuillàt le tribut sur l'auguste cercueil.

De la vérité sainte, ô poursuivant sublime !
Vas-tu de l'Orient interroger l'abîme,
Pour chercher son berceau mystérieux encor?
Il est digne de toi ce sacré ministère,
La vérité devait être dite à la terre
   Par une bouche d'or !

Oh ! quand ta Muse assise aux débris de Palmire
Triste, contemplera ces restes d'un empire,
Qui brilla sans pareil mais ne brilla qu'un jour,
Qu'un pieux souvenir de ta douce patrie,
   Dans ton âme attendrie
Se lève vague et doux comme un regret d'amour !

Ou bien, quand le jour tombe et quand la caravane
Qui voyage au désert, sablonneuse savane,
Y dresse comme un camp ses errans pavillons;
Lorsqu'au repos des nuits la nature prélude
      Et que la solitude
Etend dans l'ombre au loin ses mobiles vallons;

Quand les chameaux courbant leur tête patiente
Déposent le fardeau sur le seuil de la tente,
Et que la lune aussi vague aux déserts des cieux;
Ch! que ta voix alors élève une prière
      Pour la France ta mère
Qui long-tems au désert te poursuivra des yeux.

Comme toi voyageur et comme toi poëte
Naguères a prié sur la plage muette
Où dorment les débris des antiques cités,
Un Français dont l'étoile est sœur de ton étoile,
      Et dont le luth se voile
Comme ton luth, aux jours de nos calamités.

Le Ciel sera touché de ton hymne suprême
Car les sons de ta voix ont des douceurs qu'il aime,
Et toi vers nos climats ramenant ton vaisseau
Tu reviendras enfin, toi dont la main féconde
      Aura conquis un monde
Du globe poètique hémisphère nouveau.

20 *Juin* 1832.